Franklin juega al fútbol

Franklin

Franklin is a trade mark of Kids Can Press Ltd.

Spanish translation copyright © 1998 by Lectorum Publications, Inc.
Originally published in English under the title FRANKLIN PLAYS THE GAME
Text copyright © 1995 by P. B. Creations, Inc.
Illustrations copyright © 1995 by Brenda Clark Illustrator, Inc.

1-880507-44-7

Printed in Hong Kong

10 9 8 7 6 5 4 3 2 1

Library of Congress Cataloging-in-Publication Data

Bourgeois, Paulette.
  [Franklin plays the game. Spanish]
  Franklin juega al fútbol / Paulette Bourgeois ; ilustrado por
Brenda Clark ; traducido por Alejandra López Varela.
    p.   cm.
  Summary: Franklin loves to play soccer and with practice he
and his teammates learn how to have fun even if they do not win.
  ISBN 1-880507-44-7 (pbk)
  [1. Soccer–Fiction. 2. Turtles–Fiction. 3. Animals–Fiction.
4. Spanish language materials]
  I. Clark, Brenda, ill. II. López Varela, Alejandra. III. Title.
  [PZ73.B645 1998]
  [E]–dc21   98-5383
                                                         CIP
                                                          AC

Franklin juega al fútbol

Por Paulette Bourgeois
Ilustrado por Brenda Clark
Traducido por Alejandra López Varela

Lectorum Publications, Inc.

FRANKLIN podía tirarse al agua desde la orilla del río. Podía atarse los zapatos y contar de dos en dos. Podía ir solo a casa de Oso. Pero Franklin no podía golpear bien el balón de fútbol. Y eso era un problema porque Franklin quería ser el mejor jugador de su equipo.

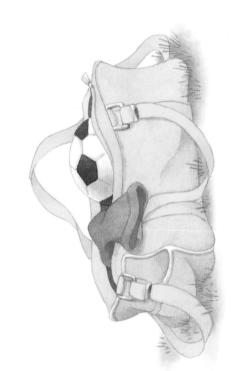

A Franklin le encantaba el fútbol. Le gustaba correr
y regatear. Pero sobre todo le gustaba el uniforme. Se
ponía la camiseta violeta y amarilla y las rodilleras que
hacían juego, incluso cuando no jugaba fútbol.
A veces dormía con el balón y soñaba con marcar goles.

FÚTBOL

Antes de cada partido, Franklin se entrenaba en el parque. Golpeaba el balón con la parte interior del pie una y otra vez. Se estiraba para calentarse y caminaba para relajarse.

Aun así, Franklin tenía dificultades. No podía correr muy rápido, incluso cuando no tenía el balón entre las piernas. Y cuando Franklin golpeaba el balón, nunca iba adonde él quería.

Gansa observó cómo el balón de Franklin volaba hacia los arbustos.

—Nunca meteré un gol —dijo Franklin muy triste.

—Yo tampoco —dijo Gansa—. Siempre se me olvida que sólo puedo usar las alas si soy la portera. Todos se enojan conmigo.

Gansa abrió las alas para enseñarle a Franklin lo mucho que las podía extender.

Castor también se quejó.

—Yo tampoco podré meter nunca un gol —dijo—. Mi cola es tan larga y pesada que no me permite correr rápidamente.

Corrió un poco y Franklin y Gansa se dieron cuenta del problema.

—No me extraña que nunca ganemos un partido —gruñó Franklin.

Era cierto. El equipo de Franklin no había ganado un solo partido durante la temporada. El equipo de Oso siempre ganaba. Pero a la entrenadora no le importaba que perdieran. Siempre decía lo mismo:

—¡Recuerden, lo importante es divertirse!

A los papás de Franklin tampoco les importaba si perdían. Siempre lo animaban cuando se apoderaba del balón. Pero a Franklin sí que le importaba.

—¿Qué te pasa? —le preguntó el papá a Franklin.

—Nunca meto un gol —respondió Franklin.

—Pero lo intentas y te diviertes —le dijo su papá—. Y eso es lo importante.

Franklin asintió con la cabeza. Eso es lo que siempre decían los mayores. Pero él quería meter un gol para que todo el mundo lo admirara.

Franklin no era el único que se sentía así. Todos sus amigos también querían meter un gol. Pero cuanto más lo intentaban, peor jugaban. A Franklin se le olvidaba cuál era su puesto y Gansa no se acordaba de lo que tenía que hacer.

Cada vez que el balón iba hacia el equipo de Franklin, todos corrían tras el balón. Tropezaban con sus propias colas, patas y orejas, y acababan todos amontonados.

La entrenadora los ayudaba a desenredarse:

—Deben jugar en equipo y compartir el balón.

Pero no era fácil. Su equipo volvió a perder.
Los jugadores estaban muy tristes. Franklin no quería
sacar la cabeza del caparazón. Castor metió la cola
entre las piernas y Gansa plegó las alas.
El otro equipo cruzó el campo para darles la mano.

—Buen partido —dijo Oso.

Franklin no quiso salir de su caparazón.

Oso hacía rebotar el balón arriba y abajo.

—¡Vamos, Franklin, sal de ahí! —le dijo Oso.

Franklin sacó la cabeza. En ese momento, el balón de Oso rebotó hacia arriba. Franklin lo golpeó con la cabeza, mandándolo directamente a Gansa.

Ella abrió las alas.

—¡Bravo! —gritó Franklin.

Castor estaba tan feliz que aplaudía y movía la cola de arriba abajo.

—Tengo una idea —gritó Franklin.

—¿Qué idea? —preguntó Oso.

Franklin sonrió a Castor y a Gansa:

—Creo que ya sé cómo podemos meter goles —dijo tocándose la cabeza—. Pero vamos a tener que entrenar en equipo.

A partir de entonces, Franklin y su equipo se entrenaron todos los días en el parque. La entrenadora los ayudó a ensayar una jugada especial.

Reían a carcajadas y regateaban y cabeceaban. Jugaban bajo la lluvia y se resbalaban en el fango.

Un día, Oso pasó por allí:

—¿Qué hacen? —preguntó.

—Divertirnos un rato —dijo Franklin, que estaba deseando que llegara el día del partido.

Llegó el momento de jugar la final. Los jugadores se agruparon.

—Vamos a enseñarles de lo que somos capaces —dijo Franklin.

Pero, en los primeros minutos del partido, el equipo de Oso marcó un gol.

—Amigos —dijo la entrenadora— es el momento de hacer esa jugada especial.

Gansa fue a la portería. Extendió sus alas todo lo que pudo e impidió tres veces que el otro equipo marcara un gol. Los espectadores gritaban para animar a los jugadores.

Gansa buscó a Franklin en el campo y le lanzó el balón, que fue a parar a su cabeza. De un cabezazo, Franklin envió el balón directamente a Castor. Con un golpe de cola, Castor le pasó el balón a Conejo. Éste alzó su enorme pie y de una patada lo mandó directamente a la red. ¡El equipo de Franklin había marcado un gol!

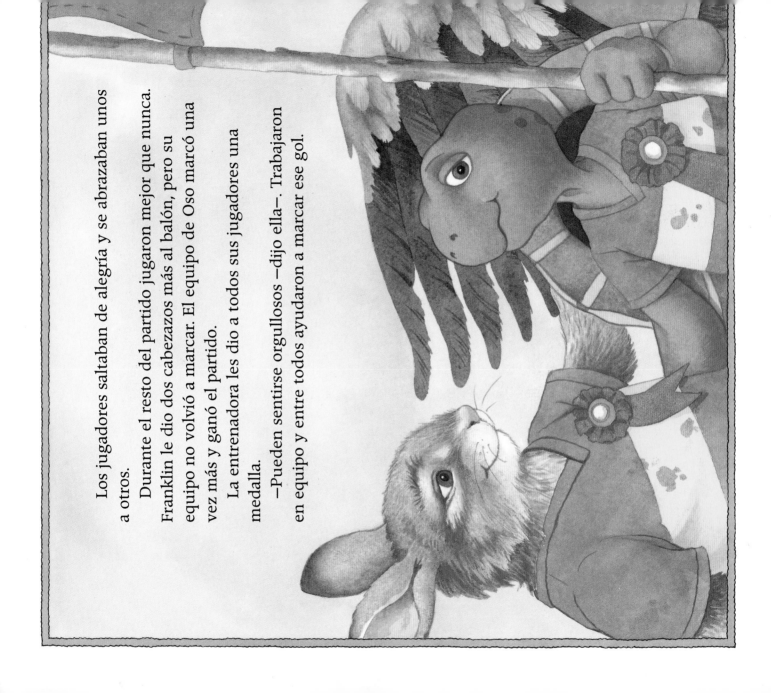

Los jugadores saltaban de alegría y se abrazaban unos a otros.

Durante el resto del partido jugaron mejor que nunca. Franklin le dio dos cabezazos más al balón, pero su equipo no volvió a marcar. El equipo de Oso marcó una vez más y ganó el partido.

La entrenadora les dio a todos sus jugadores una medalla.

—Pueden sentirse orgullosos —dijo ella—. Trabajaron en equipo y entre todos ayudaron a marcar ese gol.

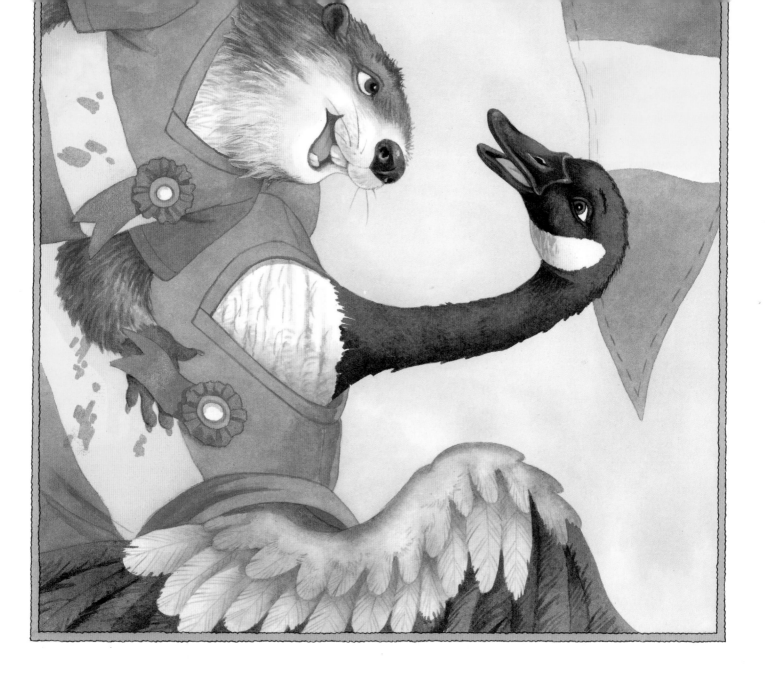

Los papás de Franklin invitaron al equipo a tomar un helado.

—¿Qué celebramos? —preguntó Franklin—. Nuestro equipo no ganó.

—Para nosotros, ustedes son ganadores —dijo su papá. Franklin estaba de acuerdo. Todos estaban cansados, sucios y felices. Sin duda, formaban un gran equipo.